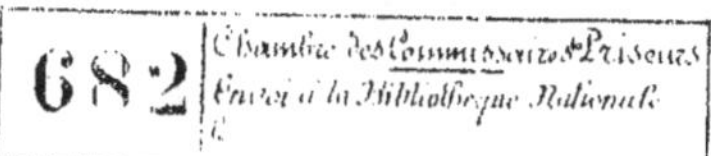

Vente du Lundi 26 Novembre 1883

HOTEL DROUOT, SALLE N° 3

A DEUX HEURES

TABLEAUX

MODERNES

AQUARELLES, DESSINS

EXPOSITION PUBLIQUE

Le Dimanche 25 Novembre 1883, de une heure à cinq heures.

<table>
<tr><td>Me Henri LECHAT</td><td>M. Jules CHAINE</td></tr>
<tr><td>COMMISSE-PRISEUR</td><td>EXPERT</td></tr>
<tr><td>rue Baudin, 6 (square Montholon)</td><td>avenue Trudaine, 17</td></tr>
</table>

CHEZ LESQUELS DE TROUVE LE CATALOGUE.

PARIS — 1883

Ve RENOU, MAULDE et COCK

IMPRIMEURS DE LA COMPAGNIE DES COMMISSAIRES-PRISEURS

Rue de Rivoli, 144

CONDITIONS DE LA VENTE

Elle sera faite au comptant.

Les Acquéreurs paieront CINQ POUR CENT en sus des enchères.

TABLEAUX MODERNES

ATTALAYA

1 — Les Joueurs de dés.

BAUDRIER

2 — Fleurs et Fruits.

BONIFAZZI

3 — Tête de jeune Italienne.

BOURGEOIS

4 — Sainte Cécile.

CASTIGLIONE

5 — Tête de jeune femme.

CLARY

6 — La Seine au Bas-Meudon.

7 — Montigny.

CONSTANTIN

8 — Nature morte.

DEFAUX

9 — Forêt de Fontainebleau.

10 — Un Coin de ferme (Poules et Dindons).

DESBOUTINS (M.)

11 — Portrait d'homme.

12 — Étude.

13 — La Couturière.

14 — La Femme au chien.

DIAZ (Genre de N.)

15 — Jeune Femme et Enfant.

FRAPPA

16 — Au Lutrin.

GAUBAULT

17 — Chasseur prenant son café.

GEGERFELT (W.)

18 — Le Matin, à Venise.
19 — Paysage en Normandie.

GÉRARD

20 — Paysage en Normandie.

GHELDER (Van)

21 — L'Amateur de tableaux.
22 — Dans l'Atelier du peintre.

GUILLEMIN

23 — Marine en Bretagne.

INCONNU

24 — Intérieur d'écurie.

LAYNAUD (Ernest)

25 — Barques de pêche au Tréport.

LEICKERT

26 — Effet de neige, avec patineurs hollandais.

LEMAIRE (C.)

27 — Un Bouffon.

LEROUX (E.)

28 — Tête de jeune femme.

LOPPÉ (G.)

29 — Vue du Tyrol en hiver.

MATHON

30 — Bords de l'Oise, à Compiègne.
31 — Marine à Saint-Brieuc.
32 — Le vieux Pont de Limay, à Mantes.

PLASSAN

33 — Vue de Chinon.
34 — Moulin à Champigny.
35 — Chemin sous bois.

REROLLE

36 — Ferme de la Praille, à Carouge.
37 — Sous-Bois, au parc de la Tête-d'Or, à Lyon.
38 — Village d'Hermance, sur le lac de Genève.
39 — Bords du lac de Genève, à Versoix.
40 — Le Salève et les Voirons, près Carouge.
41 — Bords du lac de Mies, près Genève.
42 — Bords de l'Arve, près Genève.
43 — Bords du lac, à Bellerive.

RICHET (Léon)

44 — Environs de Dieppe.

45 — Fontainebleau.

ROUSSEAU (Attribué à Th.)

46 — Pays montagneux.

SAINTIN

47 — Marine.

SAUNIER

48 — Cour de ferme.

49 — Gorge aux loups (Fontainebleau).

SCHOUTEN

50 — Étude de dindon.

THAULOW

51 — Marine.

THOLER

'52 — Panier de prunes.

AQUARELLES ET DESSINS

—

ANDIRAN

53 — Sept Dessins mine de plomb (Vues de Suisse).
54 — Huit Aquarelles.

BIDA

55 — Jeune Syrien.

CLAUDE (J.-Max.)

56 — Cavaliers au bord de la mer.

Aquarelle.

CODINA-LANGLIN

57 — Une Blanchisseuse.

Aquarelle.

CORTAZZO

58 - Fragment de son tableau (la Justice au bon vieux
temps).

59 — Un Soldat.

Dessins à la plume.

DELACROIX (Eugène)

60 — Diappo (29 août 54).

Vente Delacroix.

DESHAYES (E.)

61 — Chute d'eau (Isère).
62 — Marine.

DEVÉRIA

63 — Une Main.

Étude à l'huile.

DUVAL

64 — D'après Gavarni.

Aquarelle.

65 — Fleurs.

FRANTZ

66 — Effet de lune.
67 — En Normandie.
68 — Venise.
69 — Les Ponts du Rialto.

INCONNU

70 — Dessin.
71 — Sacrifice de Polyxène sur la tombe d'Achille.

LEMAIRE (C.)

72 — Aquarelle.

MAROHN

73 — Paysage.

Mine de plomb.

MORIN (E.)

74 — A Trouville.

THOLER

75 — Nature morte.

VILLETTI

76 — Soldat.

Dessin à la plume.

WAUTERS (C.)

77 — Le Soir.

Vᵉ Renou, Maulde et Cock, imprˢ de la Compagnie des Commissaires Priseurs,
rue de Rivoli, 144.   42730